LOTH.

LOTH,

POËME EN TROIS CHANTS.

DE L'IMPRIMERIE DE FEUGUERAY.

A PARIS,

Chez Buisson, Libraire, rue Gît-le-

Cœur, n°. 10.

1808.

CHANT PREMIER.

Saint amour de la vertu, viens animer mes premiers chants : je veux dire l'erreur de Loth, les crimes de Jahel, le remords et les châtiments ; prête à ma voix ta puissance et ta force.

Vous, hommes innocents, femmes pures et chastes qui, dans le siècle nouveau, gardez les mœurs de vos pères, que vos yeux ne se détournent point : je ne viens pas caresser le crime, alarmer la pudeur, ni vous offrir de profânes images ; ma voix est vierge, et

sous mes doigts la harpe sacrée
ne dira point d'infidèles airs.

Venez, temps du passé, mœurs
des patriarches, simplicité antique, donnez à mes tableaux votre couleur chérie; et toi, fille du
ciel, source de vérité, toi qui
donnes à l'expression le charme
qui pénètre, toi qui, gracieuse et
naïve, inspiras jadis le chantre du
Lévite *, Nature, inspire-moi.

Gomorrhe et l'impure Sodome
avaient mérité les châtiments; de
plus en plus les habitants devenaient farouches, et le cri de

____

(*) Le Lévite d'Éphraïm, poëme de
J. J. Rousseau.

leurs abominations s'élevait chaque jour devant le Seigneur.
Toutefois, avant de détruire ces
deux villes, le Seigneur résolut de
descendre vers elles. « Je saurai,
» dit-il, ce qu'il faut croire; je
» verrai si leur iniquité est con-
» sommée, comme l'annonce ce
» cri qui est venu jusqu'à moi,
» ou si elles ont encore droit à
» la miséricorde : s'il se trouve
» dix justes dans Sodome, pour
» l'amour de ces dix justes, je ne
» la perdrai point. »

Il appelle donc Eliezer et Sala-
chaël, il les charge tous les deux
de ses ordres suprêmes, et les ar-
changes, fendant l'air de leurs

ailes dorées, vont s'abattre non loin de Sodome. Là, dépouillant leur parure céleste, ils se couvrent du vêtement des hommes, et marchant vers les murs de la ville, ils y arrivent sur le soir.

S'étant approchés, ils trouvent, à l'entrée, un homme assis sous la porte ; les ayant vus, cet homme se lève, va au-devant d'eux, s'abaisse jusqu'en terre, puis il leur dit : « Venez, je vous prie, dans » la maison de votre serviteur ; » demeurez-y cette nuit, et vous » y lavez les pieds ; demain, dès » le matin, vous pourrez conti- » nuer votre route. » Ils lui répondent : « Nous n'irons point

» chez vous, nous passerons la
» nuit dans la place. » Disant ces
mots, ils s'éloignaient ; mais l'homme qui leur avait parlé s'attache
à leurs pas. « Pourquoi, leur dit-
» il, refusez-vous de moi l'hos-
» pice du Seigneur ? Je suis Loth,
» fils d'Aaran, du pays de Hur
» en Chaldée ; étranger dans
» Sodome, mes mains sont pures
» de toute rapine ; jamais le voya-
» geur n'a craint de reposer sous
» mon toit. » Marchant toujours
de la sorte, ils arrivent près de
sa demeure, et Loth redoublant
ses instances, leur dit : « Je vous
» supplie de ne point passer la
» maison de votre serviteur sans

» vous arrêter. » Les anges veulent encore s'en défendre ; mais, touchés de sa piété, ils consentent à le suivre, et joyeux il les emmène chez lui.

Dès qu'ils sont entrés en sa maison, il veut leur faire un festin ; il appelle sa femme et ses deux filles : « Préparez vîte, dit-il à » l'aînée, deux mesures de fleur » de farine et faites cuire des gâ- » teaux sous la cendre. » En même temps il court à son troupeau, choisit un jeune chevreau qui suit encore sa mère et le donne à un serviteur qui se hâte de l'apprêter. Jahel, l'aînée de ses filles, qui sait le mieux paîtrir une pâte légère avec du beurre et du lait, dédaigna de prendre ce soin ; tandis que sa sœur se met à l'ouvrage à sa place, elle va dans le verger pour cueillir quelques fruits ; mais ardente, inquiète comme la biche sauvage, voyant de loin le conducteur des bêtes de somme qui ramène les chameaux, au retour de l'abreuvoir, elle court, elle s'élance sur un de ces animaux paisibles, et essaye de hâter sa marche.

Cependant Loth, ses deux hôtes, sa femme et la seconde de ses filles se rangent autour de la table frugale. Jahel arrive après, les joues colorées, le front mouillé de sueur, et s'assied près des jeu-

nes étrangers. Pendant qu'ils man-
geaient et buvaient, ses regards se
portaient sur eux avec complai-
sance ; du coin de l'œil, elle admirait leur taille , leur maintien,
les graces de l'un, la fierté mâle
qui respire dans les traits de l'autre; et parfois, se perdant dans
ses vagues pensées, ses joues devenaient plus rouges, et ses yeux
devenaient brillans.

Bientôt tous les convives ont
mangé et bu, mais toutefois ils
restent à table. Le sage Loth et
les deux étrangers s'entretiennent
touchant Sodome. L'heure du repos n'était pas venue ; la lampe
éclairait encore la simple de-

meure, et la veillée se prolon-
geait doucement. Pour divertir
les deux étrangers, la mère veut
que ses filles chantent tour-à-tour :
elle se lève, va prendre un sistre
de bois de cèdre appendu à la mu-
raille et le met dans les mains de
Jahel. On se tait, on écoute : Jahel prend l'instrument d'une main
assurée, fait résonner sous ses
doigts les cordes sonores, et chante d'une voix haute encore qu'un
peu altérée.

Elle dit l'infortune d'Agar :

« Comment, exilée par la ja-
» lousie de Sara, elle fuit loin des
» tentes, emmenant par la main
» son fils Ismaël ;

» Comment ils s'avancèrent dans
» les plaines de sable, haletants de
» chaleur et de soif, et deman-
» dant au Seigneur une source
» rafraîchissante ;

» Comment les souffles d'été
» ayant séché leurs veines, la tris-
» te mère s'éloignait à la portée
» du trait pour ne pas voir expirer
» son fils, quand le Seigneur leur
» découvrit une source rafraî-
» chissante ;

» Comment Ismaël, étant de-
» venu grand, poursuivait d'a-
» bord la timide gazelle, et bien-
» tôt teignit son dard du sang des
» bêtes farouches ;

» Comment, un jour qu'il re-

» venait vers sa mère, il fut ren-
» contré par des peuples chas-
» seurs, qui, le voyant fier et sau-
» vage, le front couvert d'une
» noire chevelure et vêtu de la
» dépouille d'un léopard, s'ap-
» prochèrent en l'admirant, et le
» choisirent pour leur roi ;

» Comment il emmena sa mère
» au pays des peuples chasseurs,
» et maître d'une immense con-
» trée, leva la main contre tous,
» et tous levèrent la main contre
» lui ».

Noëma prend le sistre après sa
sœur, et le front baissé, le regard
timide, elle chante les louanges
du Très-Haut.

Elle dit l'éternelle alliance :

« Comment le juste, dans une ar-
» che sacrée, erra cent cinquante
» jours sur une mer sans rivages,
» et s'arrêta sur les montagnes
» d'Arménie ;

» Comment, alors, ayant en-
» voyé une colombe, la colombe
» revint à lui sur le soir en rap-
» portant un rameau vert d'oli-
» vier, et il reconnut que les eaux
» s'étaient enfin retirées ;

» Comment ayant dressé un
» autel au Seigneur, le Seigneur
» lui dit : Je ne maudirai plus la
» terre, il n'y aura plus, à l'ave-
» nir, de déluge, et mon arc
» apparaîtra dans les nuées en

» signe de mon alliance avec
» vous ;

» Comment les enfans de Noé
» s'étant partagé la terre , Cham
» devint le père des Chananéens,
» et ces peuples sans demeures,
» s'étendirent depuis Gérare jus-
» qu'à Léza, célébrant les char-
» mes de la vie errante, et le pal-
» mier, fils du désert. »

La voix de Noëma avait pénétré tous les cœurs ; sa mère atten-
tive suivait ses mouvemens ; on
l'écoutait dans le recueillement,
dans le silence, et tous étaient
plongés dans une douce extase.
Tout-à-coup on entend un grand
bruit, on distingue le tumulte des

voix. Poussés par leur passion détestable , tous ceux qui demeu-
raient dans Sodome, depuis les
enfans jusqu'aux vieillards, envi-
ronnent la maison; depuis une
extrémité de la ville jusqu'à l'autre, tout ce peuple y accourt pour
assouvir sa brutalité. Faisant retentir leurs cris au travers de la
porte , ils appellent Loth et lui disent : « Où sont ces hommes qui
» sont entrés ce soir chez vous?
» faites-les sortir afin que nous
» les connaissions.» Noëma tremblante, s'étant retirée avec sa mère
et sa sœur , Loth sort pour leur
parler à l'entrée de la maison , et
ayant fermé la porte derrière soi,

il leur dit : « Non, mes frères, ne
» faites point, je vous prie, de mal
» à ces étrangers ; j'ai deux filles
» qui sont encore vierges, je vous
» les amènerai et vous les traite-
» rez comme il vous plaira, pour-
» vu que vous ne fassiez point de
» mal à ces hommes, parce qu'ils
» sont entrés dans ma maison
» comme dans un lieu de sûre-
» té. » Les furieux lui répondent : « Retirez-vous. Cet homme,
» ajoutent-ils, est venu seul pour
» habiter ici comme étranger,
» et il prétend être notre juge et
» nous condamner. Maintenant
» donc nous vous traiterons en-
» core plus mal qu'eux. » Et se

jetant sur Loth avec grande violence, ils étaient près de rompre la porte.

Alors les deux anges étendent la main, ils font rentrer Loth dans la maison, en ferment la porte, et en même temps frappent tous ceux qui étaient au-dehors d'un tel aveuglement, qu'ils marchent dans les ténèbres sans se retrouver ni sans se reconnaître. Loth, se retournant, voit les anges éclatants de lumière ; il se prosterne, adore le Seigneur et touche trois fois la terre de son front : ils lui disent : « Avez - vous encore ici » quelqu'un qui vous appartien- » ne, un gendre, ou des fils, ou

» des filles? Faites sortir de ce lieu
» tous ceux qui sont à vous, car
» nous allons brûler cette ville;
» le Seigneur nous a envoyés pour
» détruire ses habitants. »

Loth étant sorti, traverse non sans peine, les flots de la multitude, et cherche dans la foule ses gendres qui devaient épouser ses filles. Le peuple insensé se consumait en vains efforts, s'élançait en rugissant, blasphémait le nom du Seigneur, et demandait avec d'horribles cris qu'on lui livrât les deux étrangers. Ainsi les troupeaux de tigres poursuivant le voyageur, qui sur le haut d'un arbre élevé brave leur fureur impuissante, se rassemblent à ses pieds, le menacent, l'assié-gent de toutes parts, et remplis-sent l'air de hurlements féroces.

Le sage Loth s'approche donc de ses gendres et leur dit : « Sortez » promptement de ce lieu, car le » Seigneur va détruire cette vil-» le. » Mais, loin d'écouter ces pa-roles, ils le regardent comme un homme qui se moque, et leur fu-reur s'en augmente encore. Loth revint donc en sa maison, voyant que ses discours étaient inutiles.

Vers la pointe du jour, les an-ges le pressent de sortir en lui disant : « Levez-vous, et emme-» nez votre femme et vos deux

» filles qui se trouvent ici, de
» peur que vous ne périssiez
» vous-même dans la ruine de
» cette ville. » Comme il diffé-
rait, ils le prennent par la main,
lui, sa femme, ses deux filles, et
passant au milieu de ces hommes
furieux, qui s'écartent par une
force involontaire, ils les emmè-
nent et les conduisent aux portes
de la ville.

Cependant Sahar, femme de
Loth, jetait vers Sodome un œil de
regret; elle admirait pour la dernière fois ses nombreux monuments, ses demeures magnifiques,
et déplorait dans son cœur le sort
de cette cité superbe. Un des anges

leur dit alors : « Sauvez votre vie ;
» marchez toujours vers la mon-
» tagne de peur que vous ne pé-
» rissiez vous-mêmes, et sur toutes
» choses ne regardez point en ar-
» rière, car le Seigneur vous frap-
» perait aussitôt. » Loth, se tour-
nant de son côté, lui dit : « Je ne
» puis me sauver sur la monta-
» gne, de peur que le malheur
» ne me surprenne auparavant
» et que je ne meure ; mais voilà,
» ici près, la ville de Ségor où je
» puis fuir ; faites que j'y trouve
» un asile. » L'ange lui répond :
» J'accorde encore cette grace à
» votre prière ; je ne détruirai
» point cette ville pour laquelle

» vous me parlez, mais hâtez-vous
» de vous sauver en ce lieu. » Il dit,
et Loth se prosterne ; toute la famille adresse au Seigneur ses ac-
tions de grace, et les anges étant
disparus, ils se lèvent pour leur
obéir.

Jahel s'avance la première,
tenant la main tremblante de
Noëma : Sahar, appuyée sur son
époux, les suit avec un profond
soupir, et tous accélèrent leurs
pas, se frayant un chemin malgré
les pierres et les broussailles. Tout
est morne dans la campagne :
l'aube incertaine et douteuse lutte à peine avec les ombres sur le
sommet du mont Haraïm, l'oiseau

funèbre, perché sur les dernières murailles, annonce la destruction, chante le cantique de mort, et l'épaisse nuit couvre encore les voyageurs.

Bientôt ils entendent derrière eux un bruit lugubre ; une colonne de feu s'est élancée dans l'air, un jour immense et pâlissant se répand au loin sur la plaine. « Seigneur, s'écrie Loth, vous » avez promis de nous sauver. » Il prend le bras de sa compagne, l'entraîne, la presse sur son sein, et mesurant l'espace qui les sépare de Ségor, il marche et frémit de terreur. « Quoi, dit Sahar, mes » yeux ne verraient plus Sodome !

» la flamme dévore ses richesses;
» demain la place où elle fut n'of-
» frira qu'un monceau de cen-
» dres; laissez-moi, pour un seul
» instant, jouir encore de son as-
» pect. » Disant ces mots, elle
abandonne la main de Loth; elle
aperçoit devant elle un rocher,
elle y court, et poussée d'un desir curieux, elle monte sur la
pierre la plus élevée. En vain son
époux, ses filles ont voulu l'arrêter; en vain ils la suivent, lui
rappellent les paroles de l'ange,
sourde à leurs cris, elle tourne
son visage, et porte vers Sodome
ses imprudents regards. Elle a vu
le vaste incendie, la fumée noire

et affreuse s'élever jusqu'au ciel, la flamme battre le sommet des toits, les édifices crouler de toutes parts, et l'ange exterminateur lancer les feux sacrés du haut du firmament. Loth arrive bientôt sur le rocher : il s'approche d'elle, saisit son bras, veut l'entraîner avec lui... vain effort! déjà l'Éternel est vengé. Sahar, froide et immobile, n'est plus désormais qu'une pierre, et la statue, conservant sa forme, éternise son crime et la vengeance du ciel.

Voyez, à la lueur de l'embrâsement, l'infortuné Loth contempler son épouse, en soutenant ses filles éperdues. Il lutte entre la tendresse et l'effroi ; incertain, pâle de terreur, il s'éloigne en desir, et ses pas sont enchaînés malgré lui. A la fin il détourne la tête ; Noëma pose aux pieds de sa mère un voile trempé de ses larmes, et tous s'arrachent de ces lieux.

Ils marchent, l'horreur les suit ; la funèbre clarté les entoure ; tremblants d'épouvante, ils précipitent leurs pas, et le vent leur apporte au loin les derniers cris d'un peuple expirant.

Enfin ils arrivent à Ségor ; c'est là que l'ange leur a promis un refuge assuré ; mais Lotb s'enferme en vain dans les murs, il n'y peut trouver d'asile contre l'effroi qui le poursuit. Le soleil se levant sur la terre, découvrit à l'horizon un voile immense, et d'affreux nuages de soufre et de fumée; Gomorrhe, Adama, toutes les villes de la plaine avaient péri dans les flammes. Ségor, au milieu des ruines, s'élevait seule et tranquille; mais Loth croit toujours voir l'incendie approcher. A chaque instant ses membres frémissent, une sueur froide inonde tout son corps, ses cheveux se hérissent au souvenir de la triste Sahar. Il résout donc de s'éloigner: il saisit à la hâte un javelot, jette un arc sur ses épaules, et fuyant

les lieux qu'habitèrent les hommes, il prend seul, avec ses deux
filles, le chemin rude de la montagne.

CHANT SECOND.

LES trois fugitifs marchèrent beaucoup de temps sans se reposer. Ils gravissaient les roches les plus hautes, ils traversaient les torrens, les lieux les plus sauvages, car l'infortuné Loth, dans la terreur qui l'agite, se croit toujours trop voisin du danger. Ils arrivent au pied d'un coteau, où l'œil ne découvre rien que l'herbe jaune et desséchée. Loth s'apprête à le franchir; Jahel s'efforce déjà de le suivre, mais Noëma, poussant un cri douloureux, se

laisse tomber sur la terre. « Ar-
» rêtons-nous, dit-elle, arrêtons-
» nous un moment. Hélas ! nous
» marchons depuis plus de six
» heures ! le besoin, la soif nous
» dévorent, et nos pieds déchirés
» par les ronces ne peuvent plus
» nous soutenir. » Loth se retourne à ces mots ; il contemple
sa fille d'un œil triste et attendri,
se baisse vers elle, essuie son
front couvert de sueur, et voyant,
à quelque distance, un arbuste
flétri qui semble promettre un
peu d'ombre, il la prend dans ses
bras et la porte sous le feuillage.
Là, il s'assied à son côté, couvre
ses yeux de son voile, et lui pose

la tête sur sa poitrine. La nature,
accablée sous la chaleur du midi,
était muette autour d'eux ; les
ombres avaient disparu, le soleil
était arrêté sur leurs têtes, le
chant de la cigale solitaire semblait les inviter au sommeil. Ils
étendent tous les trois leurs membres fatigués ; Loth essaye de s'as-
soupir, mais ses yeux s'y refu-
sent, il ne peut fermer sa paupière brûlante.

Cependant s'étant un peu dé-
lassés pendant quelques instans,
ils poursuivent tous trois leur pénible route ; ils marchent, ils épui-
sent leurs efforts pour franchir la
montagne ; mais ils n'arrivent sur

la hauteur qu'après le coucher du soleil. Loth promène au loin ses regards pour chercher un asile, et n'apercevant point de grotte, point d'arbre qui puisse les couvrir durant la fraîcheur de la nuit, il s'assied tristement sur le sol, où enfin il s'endort, vaincu par la fatigue. Jahel et Noëma s'endormirent aussi ; la froide rosée humecta leurs cheveux.

Au soleil levant, ils reprennent leur marche. Pendant trois journées, ils errent ainsi sans autre nourriture que les fruits de la forêt, sans autre abri que la voûte des cieux. Au quatrième jour, ils découvrirent un pays plus riant.

ils trouvèrent des fruits en plus grande abondance; l'espérance commença à rentrer dans leurs cœurs.

Comme ils marchaient , sur le soir , au détour d'une roche sauvage , ils s'arrêtent subitement : ils se montrent des yeux un jeune chevreuil qui, dans ce lieu tranquille, broutait la pointe des arbrisseaux. Loth saisit son arc , l'ajuste, et aussitôt la flèche siffle et va le frapper. Le timide animal pousse un cri plaintif, et s'élance au travers des buissons, en emportant la flèche attachée à ses flancs. Loth se précipite après lui ; ne doutant point que le coup qu'il a porté ne soit mortel, il s'attache à ses pas; ses filles le suivent de loin. Il marche, tantôt apercevant l'animal blessé, tantôt cherchant sur l'herbe la trace de son sang. Il s'éloigne, il court, emporté à sa poursuite; dans son ardeur il traverse les plaines, descend les collines, et se fraye, malgré les ronces, un chemin dans l'épaisseur des bois. Il arrive bientôt sur le bord d'un torrent qui s'échappe en cascade et bouillonne parmi les rocs; il s'arrête: il se croit sûr de saisir sa proie; mais le chevreuil, par un dernier effort, franchit l'eau écumeuse et disparaît sur l'autre rive. Loth, indécis,

reste un instant immobile ; il cherche, il aperçoit un passage, il y
court sans plus tarder. Le temps
joint à l'effort des eaux avait dé-
raciné un vieux chêne dont le
tronc noueux et couvert de lierre, s'était abattu sur le torrent ;
il y monte d'un pied hasardeux,
le traverse en tenant d'une main
les branches voisines d'un saule,
et s'élance sur le rivage opposé.
Là, ayant écarté avec effort les
rameaux touffus des sapins, des
platanes, des mélèzes qui s'élè-
vent de toutes parts, et qui for-
ment, en se croisant, un rempart
presque impénétrable, il s'avance
et découvre un vallon délicieux.

Frappé de cet aspect inattendu, il demeure enchanté ; la vue de ces beaux lieux a suspendu ses pas, et lui fait oublier jusqu'à l'objet de sa course. Toutefois, il retourne au bord du torrent, il y fait retentir sa voix et il appelle ses deux filles. Jahel ayant répondu au bout de quelques instans, il les attend sur la rive, leur aide à franchir le passage, et les introduit, à leur tour, dans cette vallée, où aucun homme, avant lui, n'avait porté ses pas.

Chaque objet, sur cette heureuse terre, offre une empreinte de virginité : l'herbe haute et touffue que le fer n'a jamais coupée s'élève au pied des cèdres dont les rameaux s'avancent avec majesté ; de toutes parts le pampre marqué par l'automne laisse entrevoir ses grappes de pourpre ; les arbres, ornés de riches festons, semblent se joindre par une chaîne de fruits, et par-tout, environné du parfum des plantes, on respire un air suave, un calme enchanteur. Le soleil, descendu derrière un bois d'oliviers, se jouait dans le feuillage ; rien ne troublait le silence que le bruit lointain du torrent, et le vol léger de quelques oiseaux qui cherchaient de branche en branche un abri pour reposer.

Loth et ses filles s'étant avancés

de plus en plus, découvrirent une immense caverne qui semblait faite pour être l'habitation des hommes. Elle était creusée sous un rocher chargé d'arbustes dont le frais ombrage ne laissait pénétrer par les crevasses qu'une douce lumière. L'intérieur divisé en plusieurs grottes, était, de tous côtés, tapissé par du lierre, de la mousse, de l'herbe molle; et dans l'enfoncement le plus reculé une source d'eau pure et bleuâtre s'éloignait en murmurant sur les cailloux. A l'aspect de tous ces biens, Loth croyant reconnaître la protection du Seigneur, résolut de lui rendre grace et d'invoquer son nom. Il dresse donc un autel de gazon; il y dépose les premiers fruits qu'il vient de cueillir, il les bénit, les offre comme les prémices de l'abondance qui l'entoure, et ayant allumé des feuilles sèches, il brûle dessus quelques branches de bois de cèdre dont la fumée odorante s'élève et parfume les airs.

Ces soins étant remplis, il se tourne vers ses deux filles : « Mes » filles, leur dit-il, voici le terme » de notre voyage. C'est ici, je le » vois, que le Seigneur a fixé no-» tre retraite, c'est ici qu'il veut » conserver ce qu'il a sauvé de la » race des hommes, soumettons

» nous à ses ordres et adorons sa
» bonté.» Jahel et sa sœur ayant
alors reçu la bénédiction de leur
père, ils commencèrent, dès ce
moment, à s'établir sur cette terre
nouvelle. Ils se mirent à arracher
des joncs pour faire des couches
plus commodes, ils entrelacèrent
des branchages pour fermer l'entrée de leur demeure ; mais bientôt la vapeur du soir s'étant ré-
pandue dans l'air, ils entrèrent
dans la caverne et se préparèrent
à passer enfin une douce nuit. « O
» ma mère, disait Noëma à demi-
» voix, que n'êtes-vous aussi dans
» ce séjour de paix !» Loth s'é-
mut en entendant ces paroles, il

se retira dans une grotte écartée en poussant un profond soupir ; mais la fatigue ferma ses yeux, et, pour la première fois depuis la fuite de Sodome, les trois voyageurs dormirent sans inquiétude d'un sommeil long et paisible.

Repose, infortuné Loth ; repose, famille encore innocente, dans peu tu ne goûteras plus ces douceurs : pourquoi faut-il que la promesse du ciel ait été comptée pour vaine ! Homme incrédule et sans foi, le Seigneur t'a abandonné, l'ange du péché planera sur ta tête.

Cependant la saison d'automne s'écoula en jours tranquilles : les trois solitaires remerciaient le Seigneur de les avoir conduits dans cet asile, et déjà, hormis Jahel peut-être, ils semblaient oublier l'avenir. Le temps des pluies étant arrivé, ils amassèrent des fruits en abondance, et se retirèrent dans la caverne. Là, près d'un feu bienfaisant, le soir, à la clarté d'un flambeau de mélèze, les deux sœurs prêtaient l'oreille à la voix de leur père. Loth leur racontait ses voyages, leur disait les pays qu'il avait parcourus, les combats qu'il avait livrés, et les dangers, les fatigues qu'il avait soutenus jadis avec le sage Abraham, lorsque, errant avec lui de contrée en contrée, ils transportaient au loin leurs pavillons. Au souvenir des longs travaux de son père, Noëma était attendrie, Jahel s'enflammait aux peintures de la magnificence de Pharaon, aux récits des plaisirs de l'antique Égypte, et le temps, au milieu de ces distractions paisibles, s'échappait comme un souffle léger qui s'évanouit dans le feuillage.

Le printemps reparut bientôt. Au premier cri de l'hirondelle voyageuse, la famille sortit de sa retraite ; la terre avait repris sa parure, Noëma, comme un jeune agneau, bondissait sur l'herbe nouvelle.

Jahel suivait son père dans ses courses ; armée d'un arc qu'elle avait fait elle-même avec une tige flexible, elle poursuivait avec lui les animaux sauvages et partageait ses fatigues. Que de fois, lorsque Loth, accablé, reposait sous le feuillage, elle se leva pour chercher quelques fruits ! dédaignant de prendre à ses pieds la douce figue, elle montait sur les plus grands arbres, revenait avec un sourire de tendresse, lui présentait dans ses mains la datte parfumée, ou tantôt rapportait un rayon de miel qu'elle avait su découvrir dans le creux d'un rocher.

Quand l'ombre s'alongeait dans

la plaine, ils revenaient vers leur demeure. Loth, portant sur ses épaules la proie qu'il allait préparer sur un feu de branches sèches, joyeux, traversait la vallée et sa fille suivait ses pas. Ainsi les habitants d'Eden, appuyés sur le bras l'un de l'autre, parcouraient ses riantes campagnes : heureux s'ils avaient conservé la grace du Seigneur, heureux aussi les trois fugitifs s'ils n'eussent pas mérité sa vengeance!

Cependant Jahel cherchait les lieux solitaires : de fréquens soupirs soulevaient sa poitrine, ses yeux se marbraient de noir, son souffle devenait brûlant. Le jour, à demi-couchée sous l'ombrage,

elle demeurait immobile, le regard
fixe et distrait. Elle err???
sein, gravissait la ?
et là, seule, inquiè,
les chaudes haleines du ?
Le repos l'avait fui ; ? nges
tumultueux interrompa? ??
sommeil ; l'aube à son rete
trouvait palpitante et le ?
mouillé de sueur. Quelquet.
dans le silence des nuits, elle s
loignait de la caverne et marchait
agitée en invoquant un dieu favorable ; elle revenait trouver sa
sœur, la pressait avec transport
dans ses bras, et toutes deux con-
fondaient leurs caresses comme
les colombes amoureuses.

Mais rien ne pouvait tromper
les desirs de Jahel ; ses vains efforts augmentaient son mal ; chaque jour sa couche solitaire était
baignée de ses pleurs. « Eh! quoi,
» disait-elle souvent, je suis jeune,
» je suis belle, et ma beauté, ma
» jeunesse brilleront en vain ; sem-
» blables au torrent stérile qui ne
» laisse après lui aucune trace,
» mes jours s'écouleront-ils com-
» me ses ondes? faudra-t-il rendre
» à la terre un fardeau inutile,
» et mourir dans ce lieu sauvage
» avec la fleur du désert, qui
» croît, s'épanouit, et se flétrit
» sur sa tige en exhalant dans les
» airs un parfum ignoré ? »

Souvent elle portait sa pensée loin de sa solitude ; elle revoyait les festins, les plaisirs, les fêtes de Sodome et s'enivrait de ses souvenirs. Elial se plaçait à ses côtés ; Elial, jeune et beau, qui autrefois lui avait dit son amour, ses yeux humides s'attachaient sur lui, ses bras s'entr'ouvraient pour le recevoir, mais la voluptueuse image échappait aussitôt. Dans son impuissance, Jahel tombait sur la terre, se roulait, poussait d'ardents soupirs, et se levant furieuse, elle attachait sur Loth ses vœux criminels.

« Noëma, dit-elle à sa sœur, » un jour que, remplie d'une ar-

» deur impure , elle était cou-
» chée près d'elle sous des feuil-
» lages , notre père va devenir
» vieux ; il n'est resté sur la terre
» aucun homme qui puisse nous
» épouser selon la loi de tous les
» pays ; venez , donnons - lui à
» boire le jus fermenté des raisins
» et dormons avec lui, afin que
» nous conservions la race de
» notre père. »

Noëma eut horreur de ce discours, elle détourna la tête et
Jahel s'éloigna farouche.

Cependant l'été répandait ses
feux : les deux sœurs, au déclin
du jour, se rendaient dans un
lieu écarté , où le torrent, après

mille détours, lac paisible, s'étendait sous les rameaux frais du sapin ; là, elles dépouillaient leurs
vêtements, entraient en frémissant dans les eaux, et, loin de
toute vue, folâtraient sans crainte
sur leur surface.

Durant une de ces soirées brû-
lantes, Loth marchait au hasard
dans la vallée : il arrive non loin
de ces lieux ; entendant la voix de
ses filles, il s'approche pour les
rejoindre, et s'arrêtant à prome-
ner ses regards, il les distingue
derrière les branches d'un troëne.
Jahel, à demi-nue, était debout
sur la rive ; ses cheveux noirs et
mouillés descendaient sur ses

épaules ; un voile de lin qui de-
vait la couvrir était tombé à ses
pieds. Noëma, plongée dans l'onde, élevait ses deux bras en sou-
levant son corps , et montrait au
jour un sein dont la pure blan-
cheur eût égalé les neiges de
Tedmor.

A cette vue, Loth sentit son
front se couvrir d'une rougeur
involontaire ; il détourna ses regards paternels , et s'éloignant
sans avoir été vu , revint pensif à
sa demeure.

Cependant Jahel nourrissait
son coupable espoir : de jour en
jour elle étouffait dans son ame
l'horreur secrette qui l'arrêtait ; .

sa passion forcenée ne connaissait plus de bornes, et dût l'enfer l'engloutir vivante, elle résolut d'achever son crime.

Un jour qu'elle était demeurée dans la caverne, Loth, parti seul pour la chasse, revint couvert de poussière, accablé de fatigue, et sans avoir saisi la proie. « Jahel, » lui dit-il en la voyant de loin, » préparez de la nourriture pour » votre père, et votre père vous » bénira. » Jahel ayant préparé toutes choses, il s'assit pour réparer ses forces, et sa fille resta près de lui. « Pourquoi, lui » dit-elle, quand tout succombe » de chaleur, poursuivez-vous

» les hôtes des forêts? ici rien ne
» manque à la vie ; cette terre fé-
» conde prodigue autour de nous
» ses trésors , elle semble nous
» inviter à jouir.» Disant ces paroles, elle présentait à son père
une coupe où la liqueur enivran-
te était versée de sa main ; Loth
la recevait avec un sourire, et la
coupe était vide aussitôt. « C'est
» vous, lui dit-il, quand il eut
» appaisé sa faim, c'est vous qui
» me rendez la force ; ô ma bien
» aimée ! repose-toi sur mes ge-
» noux, ta présence réjouit mon
» cœur ; je vois en toi l'image de
» ta mère , voilà ses yeux , sa
» bouche, voilà les traits de Sahar,

» tu m'offres son vivant souve-
» nir. » En disant ces paroles ,
il la pressait sur son cœur, et
Jahel, tressaillant de joie, lui présentait à chaque instant la coupe.
« Je sens , dit-il , que le sommeil
» appesantit ma paupière ; un
» trouble inconnu égare ma pen-
» sée ; ô ma fille ! guide-moi
» vers ma retraite, afin qu'à mon
» réveil tu sois bénie de mes
» mains. » Il se lève avec effort,
appuie sur elle sa démarche incertaine , et rendu dans sa retraite, il tombe sur un lit de feuillage
et s'endort. Malheureux éveille-
toi !

Mais Jahel resta près de lui ;

la nuit vint, elle y demeura encore, elle accomplit son horrible
dessein.

Toutefois, s'étant retirée avant
'aube, elle regagna sa demeure,
Loth ne s'aperçut point ni
nd elle se coucha ni quand
e leva. Devenue seule, la
umière lui parut importune, elle
erra tout le jour dans les lieux
écartés, quand l'ombre vint couvrir la terre elle retourna en frissonnant vers la caverne.

Quelques journées s'étant ainsi
écoulées, pensant que le fardeau
qui l'accablait deviendrait moins
pénible si le crime était partagé,
elle alla trouver sa sœur, et dissi-

mulant ses remords, elle lui dit :
« Voulez-vous donc mourir vierge
» entre les filles de Chanaan ?
» imitez-moi ; j'ai dormi heureuse
» auprès de Loth, dormez aussi
» avec lui, afin que nous conser-
» vions la race de notre père. »

Or, quelques jours après, au retour de la chasse, Loth ayant encore demandé de la nourriture, ses deux filles la préparèrent et il s'enivra une seconde fois. Jahel, au milieu de la nuit, se rendit vers sa sœur : à force d'art, de mensonges, d'artifices, elle empoisonna son cœur, séduisit sa débile raison, et ensuite l'entraînant par la main, la conduisit tremblante au seuil de la fatale grotte.

Noëma aveuglée, devint coupable ; mais elle s'éloigna long-temps avant le jour, et Loth, une seconde fois, ignora son crime.

L'infortunée, rendue à elle-même, tomba mourante sur le gazon. Environnée du calme de la nature, sa douleur en devint plus amère : « Etoile du matin, » s'écria-t-elle, tu m'as vue inno-» cente, annonce mon dernier » jour ! » Elle se leva au bout de quelques instants ; voulant se soustraire à sa solitude et à sa honte, elle alla chercher sa sœur, sa sœur l'évita. Eh ! qu'eût-elle pu lui dire ! agitée, tourmentée sans cesse, elle errait en la fuyant, son seul aspect était pour elle un reproche. Noëma passait les jours dans les pleurs ; abattue, la face appuyée sur la terre, le soleil levant la trouvait au pied d'un cyprès, la nuit l'y retrouvait encore, et les heures se succédaient pour elle sans repos ni sans nourriture.

Quel changement ! ces beaux lieux que les deux sœurs admiraient naguère, sont devenus à leurs yeux un affreux séjour. Les arbres, les rochers, tout, jusqu'au silence, aux ténèbres, semble leur reprocher leur crime; le désert prend une voix pour les accuser, les vents murmuraient au loin les malédictions éternel-les.

Loth, qui s'aperçut du trouble de ses filles, était loin d'en connaître la cause. Quelques mois s'écoulèrent dans la désunion ; il voyait la caverne déserte, on se fuyait, on évitait sa présence ; mais l'idée d'une action si criminelle ne pouvait entrer dans son âme. Enfin un pressentiment vague l'assiégea ; il suivit ses filles, observa leurs démarches, écouta leurs discours, et la nature elle-même trahissant bientôt les coupables, un affreux soupçon vint l'épouvanter. Il les appelle, et les interroge ; au premier mot, Noëma devint pâle, tremblante... il ne doute plus de son sort. Le voilà donc le plus infortuné des hommes, le plus coupable des pères, et innocent, l'horreur du monde !

« Oh ! s'écrie-t-il, que la terre
» entr'ouvre ses abymes ! mon-
» tagnes , couvrez-moi de vos
» roches, cieux, écrasez ma tête.
» Journée fatale où Sahar obtint
» les gages de sa fécondité ! que
» n'ai-je , prévoyant l'opprobre
» de ma vieillesse, étouffé deux
» monstres dans le berceau! Filles
» dénaturées, créatures lâches et
» sans honte , qui , profitant de

» ma foiblesse, avez chargé mes
» jours d'un crime exécrable,
» puisse ce crime retomber sur
» vous. Errantes et proscrites, que
» l'image de votre père marche
» sans cesse à vos côtés , que
» l'homme , en lisant sur vos
» fronts l'horreur et l'infamie,
» vous refuse un asile , que les
» fils de l'inceste meurent dans
» vos flancs desséchés. Puisse le
» ciel, pour prolonger vos souf-
» frances, accumuler sur vous le
» reste de mes années ; que vos
» corps, sans sépulture , battus
» par la pluie et les vents, soient
» mutilés par la dent des panthè-
» res, et qu'un jour l'enfer vous

» dévore. Adieu, je vous mau-
» dis. »

Jahel, debout, immobile, écouta ces mots sans pâlir. Noëma, sans lever les yeux sur son père, se précipite à ses pieds, les presse, les baigne de ses larmes ; mais Loth indigné la repousse ; il s'éloigne. En vain Noëma, pour jeter un cri, cherche sa voix parmi des sanglots ; Loth a disparu derrière les feuillages ; elle retombe sans mouvement.

Père infortuné ! dans son transport, il s'avance au hasard ; il déracine un jeune palmier, appuie sur lui sa marche rapide et repassant le torrent, il va cacher sa tête sous l'ombre de la forêt lointaine.

CHANT TROISIÈME.

Béni soit le ciel dont la main salutaire plaça le remords auprès du crime ! c'est lui qui écarte de nous les malheurs, c'est lui qui retient le coupable et l'arrête sur la pente rapide. Quand l'homme a connu le péché, tout se change autour de lui; l'eau la plus douce lui devient amère, le remords veille sans cesse comme un monstre couché à sa porte pour le dévorer.

Passion détestable et funeste, amour dont l'ardeur insensée attira tant de maux sur Israël, combien tu diffères du vertueux amour ! Semblable à un souffle d'enfer, l'un flétrit les cœurs en répandant le poison, l'autre élève notre âme, il enchante nos journées : c'est un rayon pur émané du trône du Seigneur.

L'infortuné Loth, livré à l'affreux repentir d'un crime qu'il n'a point commis, erra trois jours sans reposer sa tête. Il arrive enfin sur le sommet élevé d'une roche et porte autour de lui ses regards : à l'orient il ne vit qu'une chaîne grisâtre de montagnes qui se perdait dans les nuages ; au midi, s'étendait une plaine immense semée de bruyères, de genevriers, de sycomores ; et vers l'occident il découvrit, dans la vapeur lointaine, une branche égarée du Jourdain qui serpentait dans des déserts : aussitôt il descend de la roche et dirige ses pas vers ce lieu.

Mais qui pourrait peindre le tourment qui l'agite ? Egaré, sombre et farouche, il marche tantôt avec vitesse, tantôt d'un pas lent, inégal. Ses yeux sont attachés à la terre, de longs soupirs, des sanglots étouffés s'échappent malgré lui, le souffle des vents qui courbe le noir sapin soulève ses vêtemens, et bat ses cheveux sur son front décoloré. Il s'éloigne

en frémissant ; détestant la lumière, il cherche la vallée téné-
breuse : à son aspect les bêtes
fauves s'enfuient vers la forêt.

Parvenu enfin, non sans beaucoup d'efforts, au bout d'un sentier rapide, sur une pente héris-
sée de rocs, il lève un œil morne
et s'arrête : Quel spectacle ! un
lac immense, noir, immobile, se
découvre à sa vue; l'horizon chargé de vapeurs semble en joindre
les flots au firmament, d'affreux
nuages sont suspendus sur l'a-
byme, et quelques oiseaux funè-
bres rasent en tremblant sa
surface. Le jour ne répand qu'une
clarté livide, l'air est empoisonné,

un souffle humide et glacé règne
de toutes parts , le silence effrayant des morts, semble habiter
sur ces rives. *

(*) Ce lac se nomme le lac Asphal-
tide. Après que Sodome fut consumée
par le feu du ciel, ainsi que les trois
autres villes qui se trouvaient dans la
vallée des bois , la terre s'étant affaissée
en cet endroit, le Jourdain s'y déborda
avec plusieurs ruisseaux et se mêla au
bitume ; ce qui forma un lac qu'on a ap-
pelé *Asphaltidis* ou *Mare Salsum.*

Ce lac a aujourd'hui environ soixante
mille pas (vingt lieues) de long, et
quinze mille pas de large. Un voyageur
des plus exacts (l'Anglais H. Maundrell)
rapporte que les eaux en sont fétides. On

« Où suis-je , s'écrie Loth ,
» quelle fatale puissance a guidé
» mes pas vers ce lieu ? est-ce
» une illusion qui m'abuse , ou le
» ciel , pour m'avertir que j'of-
» fense le jour , offre-t-il des pré-
» cipices sous mes pas ? O champs
» de Chanaan , plaines sacrées de
» mes pères ! ce n'est plus vous
» que je vois ; jamais vous n'avez
» présenté au voyageur l'objet

---

trouve , le long des montagnes qui le
bordent , du soufre et une grande quan-
tité de cailloux noirs qui s'allument à la
flamme d'une torche. La fumée qui en
provient est , dit-il , d'une odeur insupportable. (Robert , *Géographie sacrée
et historique.*)

» qui frappe mes regards. Dieu
» puissant, Dieu juste et sévère,
» ne te joue pas d'un infortuné,
» reprends mes coupables jours,
» délivre-moi d'un fardeau qui
» m'accable et n'accrois pas mes
» souffrances. Mais quel prestige
» vient encore m'égarer ! je dis-
» tingue des monuments abattus;
» je vois au loin, sur l'autre rive,
» quelques ruines pendantes....
» O Seboïm ! n'est-ce pas là tes
» vieux murs? oui, je les recon-
» nais : les restes de l'altière
» Gomorrhe sont couchés près
» de toi; la main du ciel vous a
» donc aussi frappée ! C'est là,
» sans doute, c'est au lieu où

» j'aperçois ces immenses débris
» que l'antique Adama élevait
» ses remparts. Qui m'enseigne-
» ra la place où fut Sodome ?
» Mais, ô ciel ! je suis entouré
» de décombres, mes pieds dis-
» persent la cendre, je foule des
» ossements à demi-brûlés : c'é-
» tait là peut-être.... oui, c'était
» là qu'elle était. Par quel ordre
» effrayant la nature a - t - elle
» changé dans ces lieux ?

» Pays si fertiles, riches cités,
» vallée délicieuse, qu'êtes-vous
» devenus ? les toits de vos palais
» sont égalés à la plaine, une
» onde amère et dégoûtante a
» couvert vos coteaux, l'ange des

» nuits plane sur vous ! Comme
» tout ici porte une marque écla-
» tante de la colère céleste ! O Sei-
» gneur ! si ta vengeance frappe
» ainsi les criminels , quel sort
» réserves-tu à l'infortuné Loth ?
» Hélas ! tu me vois sur les ruines
» de Sodome ; coupable comme
» elle , comme elle je suis frappé
» par ta main puissante , je n'ai
» plus qu'à joindre mes restes à
» ses restes dispersés. »

Il dit , et sa tête retombe sur sa
poitrine. Non loin du rivage , où
le souffle du nord vient mourir
en gémissant dans les roseaux , il
s'enfonce entre les rochers ; là , il
s'assied , il fixe ses regards sur la

terre, et, plongé dans sa douleur, il reste immobile, semblable à l'oiseau funèbre des lieux solitaires et ruinés.

Or Jahel et l'infortunée Noëma, demeurées seules dans le désert, furent long-temps indécises touchant leur sort : « Eloignons-nous, » disait Jahel, pourquoi rester » dans ce lieu funeste, livrées » à l'éternel exil ? O ma sœur ! » s'écriait Noëma, fixons nos der- » niers jours dans cette retraite. » Hélas ! en vain nous change- » rions d'asiles, le remords tra- » verserait le monde avec nous. » Jahel se tut et demeura près de sa sœur ; mais son cœur se révoltait sans cesse contre le souvenir de son crime. Pour Noëma, ses tristes journées s'écoulaient sans qu'elle sentît son existence; abymée dans sa profonde douleur, son tourment ressemblait au repos; on eût dit que déjà elle avait cessé de vivre. Chaque jour, au retour du matin, elle descendait à pas lents vers la colline et s'asseyait au pied d'un cyprès dont le feuillage sombre était devenu son asile accoutumé. Là, soit que le soleil versât ses feux sur le désert, soit que la pluie inondât la vallée, elle restait immobile, et ses regards ne distinguaient nul objet. En vain la nuit descendait du firmament, en vain l'orage sifflait au loin dans les palmiers, et le vent pressait contre son corps ses légers vêtements ; insensible , et dans un calme sinistre , rien ne pouvait la distraire et l'émouvoir autour d'elle. Mais la force l'abandonnait tous les jours ; son visage morne , baissé vers la terre , était sillonné de larmes ; un sourire amer errait parfois sur sa bouche , ses yeux s'éteignaient , son front se décolorait , l'infortunée se flétrissait sans retour, telle que l'herbe des prés que le faucheur a coupée au matin.

Quelquefois, exaltée par les maux qui la dévoraient , elle se levait égarée, éperdue ; elle se frappait la poitrine, remplissait l'air de ses cris déchirants, et tout-à-coup rencontrant sa sœur sur ses pas : « La voilà, disait-elle, » voilà celle qui m'a perdue ; ses » paroles ont troublé ma raison, » ses perfides conseils ont étouffé » dans mon âme le cri de la natu-» re, c'est vous qui m'avez aveu-» glée, vous qui m'avez plongée » dans l'abyme. Mais que dis-je, ô » ma sœur ? ajoutait-elle aussitôt » en tombant à ses genoux, en la » pressant dans ses bras ; par-» donne, hélas! le désespoir m'é-» gare. Non, Jahel, non, je ne te » reproche rien ; je fus coupable,

» je porte le faix de mon crime,
» et je l'ai bien mérité ! »

Jahel, sans la consoler, sans la secourir, jetant sur elle un œil sec et sombre, souffrait impatiemment ses chagrins et ses caresses. « Ne vivrai-je donc que pour la » douleur, se dit-elle en secret? » faudra-t-il que j'écoute, que je » dévore sans cesse des plaintes » inutiles ? Laissons plutôt, lais- » sons Noëma à ses regrets, fuyons » des lieux qu'habite un importun » souvenir, et cherchons, dans » un nouvel asile, le repos que ses » cris troublent ici chaque jour. »

Elle a dit, et son projet est soudain fixé.

Une nuit que Noëma reposait dans la caverne, une nuit que le sommeil avait surpris sa douleur, et fermait ses yeux encore baignés dans les larmes, elle se lève, elle prend à la hâte le sentier qui s'offre à ses pas, s'éloigne sans détourner la tête, et fuit pour jamais cette terre que ses crimes ont souillée.

Noëma, au premier rayon du matin, s'éveilla avec effort, elle étend les bras pour chercher sa sœur, et ne la trouve point auprès d'elle. Etonnée, elle se lève, regarde, et ne découvrant que la solitude, un secret effroi vint glacer son âme. Le silence règne par-tout : elle cherche, elle fait retentir l'air de sa voix, l'écho lui répond seul et prolonge tristement le nom de Jabel. Tremblante, de plus en plus inquiète, elle parcourt tous les lieux, cherche encore, crie, hâte ses pas en pleurant, et bientôt elle ne doute plus de son sort. Quelle fut sa douleur ! Elle resta quelque temps sans couleur et sans vie, mais l'effroi la rend à elle-même; elle monte au sommet d'une roche, et cherche si elle découvrira quelques traces, si du moins elle verra encore, dans le lointain, flotter un vêtement blanc à travers le feuillage.... Inutile soin!

elle est seule, elle est seule dans le désert. Accablée sous cette idée mortelle, elle retombe sur la terre, pâle et inanimée. « Quoi ! » dit-elle, après un long silence, » Jahel a pu m'abandonner ! non, » je ne peux le croire ; peut-être » elle est encore dans ces lieux, » mes cris n'auront point frappé » son oreille. » Elle se lève, appuie près d'un arbre son corps qu'elle soutient avec peine, et d'une voix faible et mourante, elle appelle sa sœur jusqu'au soir.

Ainsi, au retour de l'hiver, une hirondelle plaintive, égarée sur le sommet d'un toit solitaire, appelle sa compagne et gémit en vain délaissée.

Pendant ce temps, l'impudique Jahel s'éloignant sans remords, arrivait près du torrent de Zared. Elle s'arrêta sur la rive ; elle choisit, pour sa retraite, un antre profond dont l'eau écumeuse venait battre l'entrée, et là, sans secours, insensible au milieu des douleurs, elle donna bientôt naissance à un fils.

Triste fruit du crime, tes jours seront un long supplice ! la colère du Très-Haut vivra pour toi sur la terre, tu expieras, dans tes derniers descendants, la honte de ta coupable origine.

Mais Loth, depuis long-temps, avait fui les ruines de Sodome et les rivages du lac funèbre ; toujours morne et accablé, il errait sans dessein parmi des sentiers déserts, et le hasard le ramenait, sans qu'il le soupçonnât, non loin des lieux où, pur et tranquille, naguère il avait habité près de ses filles. Les autans régnaient alors et la pluie descendait des airs ; les cieux étaient obscurs, la terre attristée, muette, était jonchée de débris, des torrents grossis par l'orage roulaient dans le creux des vallées, les nuées épaisses voyageaient en silence au-dessus des rameaux noirs et immobiles de la fôret. Loth , au milieu de ce triste appareil , sentit que l'horreur pénétrait de plus en plus dans son âme.

Il s'arrêta, sur le soir, au pied d'un roc caverneux dont l'enfoncement lui promettait un abri : il y pénètre , il s'étend , abattu , sur des feuilles à demi-mouillées, et bientôt un profond sommeil s'appesantit sur ses yeux.

L'Éternel voulant qu'il portât à jamais la peine de son erreur, laissa tomber sur lui un regard sévère ; un ange descend à sa voix, couvre Loth d'un immense nuage, et s'arrête en planant sur sa tête. L'infortuné s'émeut accablé par la présence du Seigneur ; il frissonne, il s'agite ; un effroyable songe vient lui dévoiler l'avenir.

Il découvre une âpre vallée dont les roches stériles sont dépouillées de verdure ; à la clarté d'un soleil naissant il aperçoit des cabanes éparses ; quelques hommes farouches, au teint pâle, à l'œil sombre, s'empressent d'en sortir, et tous, différents d'âge, tous, l'arc à la main, se rangent près d'un chef qui paraît être leur père. Il les voit ; ils partent pour la chasse, ils vont disputer leur vie aux hôtes du désert, ils disparaissent à ses yeux derrière la colline. Loth voit alors s'avancer, hors d'une des cabanes, une femme hideuse qui, accablée par les ans, marche le front courbé vers la terre. Elle se traîne avec effort, elle ramasse au pied des cèdres les rameaux desséchés que l'orage a abattus, et regagne la cabane à pas pénibles. Les chasseurs reviennent de la forêt, quand le jour est près de finir; il les voit rentrer dans leur demeure en maudissant l'existence, en blasphêmant le ciel qui leur dérobe une proie; la fatigue, la faim, le sombre ennui se peignent sur leur visage; ils arrachent des mains de la vieille femme la nourriture qu'elle leur présente , et furieux, ils la chassent de la chaumière. L'infortunée s'éloigne, la porte se ferme sur elle. Alors elle lève ses regards ; Loth aperçoit quelques larmes rouler dans ses yeux éteints ; il la voit, il croit la reconnaître. « Oui , c'est Jahel, » lui dit l'ange , regarde le châti- » ment qui l'attend : fille indigne , » sœur criminelle , elle a perdu » Noëma par ses affreux conseils ; » un jour son propre fils, le fils » de votre crime lui refusera un » asile. La vois-tu, se soutenant » à peine, errer de cabane en » cabane, repoussée par tous ses » enfants ? » Loth l'aperçoit de

nouveau ; sa tête frappe la terre,
il la voit succomber de désespoir...
Mais la vallée se couvre de ténèbres et disparaît à ses yeux.

Il voit alors s'alonger devant
lui une plaine immense ; il distingue le bruit confus des armes,
il voit briller la pointe des dards,
et deux armées nombreuses vont
se livrer un combat. « Vois-tu,
» lui dit l'ange, ces tribus qui
» marchent en silence ? le Sei-
» gneur combattra pour elles ; le
» roi qui les conduit, ce guerrier
» aux armes dorées qui porte une
» fronde à la main est le favori
» du Seigneur. Regarde ses enne-
» mis ; vois ces deux peuples ras-

» semblés contre lui et qui pous-
» sent dans l'air des cris sauvages,
» bientôt ils seront renversés ;
» ceux d'entr'eux qui se couvrent
» de la peau des panthères sont
» les enfants de Moab, fils de Ja-
» hel, les autres sont les enfants
» d'Ammon, fils de Noëma. » Il a
dit, et aussitôt le signal des batail-
les retentit dans le lointain. Loth
voit les armées s'ébranler, s'approcher, se heurter avec fureur,
et les mourants tomber de toutes
parts. Il voit par-tout le carnage
de ses fils ; par-tout repoussés,
défaits, les uns sont atteints par
le fer, les autres chargés de hon-
teuses chaînes. Enfin tous sont

vaincus : la trompette éclatante
annonce la fin du combat, et sem-
blables à de vils troupeaux, les
bras liés, il les voit conduire devant le vainqueur, qui, bouillant
de colère, le front encore couvert de poussière et de sueur,
fait préparer pour eux un affreux
supplice. On dispose une corde
homicide : couchés sur la terre,
on les mesure tour-à-tour, et les
uns sont à l'instant mutilés, le
reste est déchiré par l'effort des
chevaux. * L'infortuné père ne

____

(*) Les Moabites et les Ammonites
furent soumis par David, qui exerça
contre eux cette cruauté. (*Voyez* le
second chapitre des Rois.)

peut soutenir ce spectacle ; il tressaille d'horreur , il veut s'élan-
cer vers les bourreaux ; mais un
nuage sanglant s'élève , dérobe
tout à ses regards , et du sein de
ce nuage , une voix terrible s'é-
crie : « Ammon sera tellement
» détruit parmi les peuples ,
» que son nom disparaîtra du
» monde. »

Loth s'éveille à ces mots : il se
lève agité , impatient des tourments qu'il endure, de l'air qu'il
respire encore , et la nuit la plus
profonde l'environne. « O Dieu !
» s'écrie-t-il, en levant les yeux
» vers le ciel, voilà donc le châ-
» timent que me réservait ta co-

» lère ? ainsi mes tristes enfants
» ne paraîtront sur la terre que
» pour expier tant d'horreurs ;
» et tu sais trop, pour assurer ta
» vengeance , que la certitude
» horrible du malheur qui les at-
» tend , doit être pour un père
» le plus affreux supplice. Ah !
» reprends, reprends ma vie ;
» que ta justice éternelle se satis-
» fasse ; mais délivre-moi, dès ce
» jour , de l'insupportable idée
» qui va m'assiéger à jamais. » En
disant ces paroles, il s'éloigne , il
marche au hasard, et s'avance au
milieu de l'obscurité qui l'entoure
en poussant des sanglots déchirants.

Tout, dans la nature, semblait plongé dans le deuil ; une nuit sombre et orageuse couvrait le monde ; la lune seule, de moment en moment, perçait à travers ses voiles, et se reposant sur le bord des nuages, réfléchissait tristement sa lumière dans les eaux amassées sur la terre.

Loth, après avoir erré quelque temps, tout-à-coup ralentit sa marche ; il croit distinguer, par intervalles, à travers le mugissement des arbres, une voix dont les accents plaintifs et prolongés annoncent la douleur ; il s'arrête, il écoute ; les mêmes accents reviennent frapper son oreille.

« Hélas ! dit-il, ne serais-je pas le
» seul malheureux sur la terre? »
Pénétré de mille pensées funes-
tes, il veut s'éloigner aussitôt ;
mais un sentiment vague de pitié
le retient. Il se retourne, il prête
de nouveau l'oreille ; enfin il
adresse involontairement ses pas
vers le lieu d'où les gémissements
se sont fait entendre.

Descendu dans un vallon étroit
dont le fond était couvert par
une herbe haute et marécageuse,
il suit une pente glissante et s'a-
vance tantôt au milieu du silence,
tantôt guidé par les sons douloureux qui se rapprochent de lui.
A la fin, au détour d'un sentier,

un objet nouveau vient frapper ses yeux ; il s'incline, il regarde, à la faveur d'une clarté pâle et incertaine, il distingue le corps blanc d'une femme étendu sur la roche, et près d'elle un faible enfant qui se pressait sur son sein. Loth, à cet aspect, s'est arrêté ; mais le bruit de ses pas ayant retenti sur le sol, l'infortunée l'entend et s'adresse à lui en essayant de soulever son corps sur un bras défaillant. «O qui que vous soyez, » dit-elle, ayez pitié de nous ; » secourez un être innocent déjà » malheureux du crime de ses » jours, et couvrez-moi d'un peu » de terre. » Que devient Loth aux accents de cette voix ! il a reconnu Noëma, un cri terrible s'échappe de son sein. Noëma, à son tour, lève les yeux, reconnaît son père, et, comme frappée du coup mortel, elle retombe sans mouvement.

Qui peindrait cette scène déchirante ! Loth éperdu, pâle et le corps frissonnant, sent ses cheveux se dresser sur sa tête ; il s'éloigne, il fuit d'abord avec horreur ; mais la pitié l'arrête. « Elle mourra » donc, se dit-il, sans obtenir » quelques secours ; ah ! tous » les tourments à la fois ne sau- » raient expier son crime ; mais, » hélas ! le remords la déchire,

» elle était la moins coupable, le
» Seigneur lui-même me l'a dit,
» et peut-être que, touché de ses
» souffrances, il a conduit mes
» pas vers ce lieu. » Agité de
mille sentiments divers, il hésite,
il balance long-temps ; enfin sa
faiblesse l'emporte, il s'approche
de sa fille, et il se penche vers elle :
« Objet de tendresse et d'horreur,
» lui dit-il, Noëma, est-ce vous
» que je vois? » Noëma, déjà plongée dans la mort, tressaille et se
réveille à ces mots. Elle entr'ouvre un œil faible mais assuré, repose lentement sur Loth son regard, et ses traits, dans un calme
lugubre, se raniment par un

dernier effort. « Quel sort, dit-il,
» vous a donc amené en ces dé-
» serts? comment avez-vous quit-
» té votre exécrable sœur ? com-
» ment avez-vous survécu char-
» gée d'opprobre et frappée de
» la malédiction que vous avez
» trop méritée? Ecoutez-moi, lui
» dit-elle , écoutez-moi , je vais
» mourir : ô mon père ! ô vous
» que j'ose appeler de ce nom !
» exaucez ma suprême prière ;
» n'étendez pas au-delà de ma vie
» votre haine, laissez-la s'éteindre
» avec moi , et que la pierre du
» tombeau se ferme en paix sur
» Noëma. Ah ! si le remords dé-
» vorant , si la honte , si tous les

» maux ensemble peuvent jamais
» expier un crime, hélas ! vous
» me pardonnerez. Non, je ne
» veux point vivre ; la lumière est
» odieuse pour moi ; mais que du
» moins je ne m'offre au Seigneur
» que délivrée de cette malédic-
» tion qui m'accable ; contente
» alors, si j'obtiens cette grace, que
» mes yeux se ferment à jamais,
» que l'éternelle nuit m'enve-
» loppe de ses ombres, et puisse la
» terre me recevoir dans son sein,
» si cette terre qui me porte n'a
» pas horreur de ma présence ! »

Loth, la tête penchée sur sa poitrine, gardait un morne silence; resté à genoux sur la terre, il pressait dans ses deux mains la main tremblante de sa fille.

« Ne craignez pas, ajouta-t-elle » au bout de quelques instants, » ne craignez pas d'accorder ma » demande; hâtez-vous.... mes » yeux s'appesantissent , et le » froid de la mort se glisse déjà » dans mes veines. O mon père ! » oh ! dites-moi que vous plaignez » mon sort, dites-moi que vous » ne me maudissez point. Mais » je sens s'affaiblir ma force ; » hélas ! ne m'abandonnez pas » aux tigres du désert ; prenez » soin sur-tout, ô Loth ! prenez » soin après ma mort....» Sa voix expira dans sa bouche; l'air suppliant, les regards tournés vers son fils, elle mourut sans oser ajouter une parole. Loth, à son dernier soupir, tressaillit d'effroi; il laissa retomber sur la roche sa main glacée.

La nuit s'écoula avec lenteur, et quand l'aube vint blanchir le ciel, il était encore, le regard fixe, à genoux près du corps de sa fille. Cependant une voix plaintive le tira de son abattement; il jeta les yeux sur son fils, et un mouvement d'horreur détourna sa tête. « Que vais-je devenir, se dit-il ? » Ah ! rendons à Noëma le dernier devoir, et mourons sur la terre qui va couvrir ses restes. »

Il dit, et se lève avec un profond soupir ; il s'éloigne à quelque distance, et, aidé du rameau vert d'un cyprès, il creuse péniblement une fosse. Quand il a achevé cette tâche, il s'approche du cadavre, il le prend dans ses bras sans frémir, et va le déposer dans la terre. Pendant ce temps, étendu sur le rocher, le faible enfant poussait des cris douloureux, élevait ses mains vers le ciel, et semblait redemander sa mère. Loth alors se tourna vers lui : « Pourquoi vivrais-tu ? dit-il,

» pourquoi irais-tu, triste enfant

» des douleurs, traîner sur la

» terre ta misère et ta honte ? Ah !

» renonce plutôt à la vie, éteins
» les traces de mon crime, et
» termine avec toi cette chaîne
» de maux réservée à nos fils.
» Viens, le même tombeau t'en-
» fermera avec ta mère, et peut-
» être le ciel, favorable une fois,
» daignera m'écraser près de
» vous. » En disant ces mots il
s'approche de lui furieux, il le
saisit, le porte en criant sur le
bord de la fosse, et il va l'étouf-
fer dans ses bras. Mais l'Eternel a
parlé : Loth, au fond de son
cœur, entend sa voix redoutable,
il s'arrête ; les monts répètent au
loin les échos sourds et prolongés
du tonnerre.

« Tu vivras donc, triste victi-
» me, dit le malheureux père,
» en déposant son fils sur la
» terre, tu vivras, le ciel l'or-
» donne, et tu vivras à jamais
» malheureux. Ah! s'il le faut,
» soumettons-nous à ses ordres;
» puisses - tu me pardonner tes
» souffrances, puisses-tu ne pas
» maudire ma mémoire, et ap-
» prendre un jour que si j'eusse
» été libre, tu aurais expiré sur
» le sein de ton père!

» Vous, ô Noëma ! ajoute-t-il
» d'une voix attendrie, en jetant
» les yeux sur le cadavre, vous,
» dont les malheurs ont vengé
» le crime, dormez en paix. Hé-

» las! vous n'avez pu rencontrer
» le repos sur la terre, mais le
» repentir est entré dans votre
» âme, vous trouverez la misé-
» ricorde dans le sein du Sei-
» gneur. »

Il dit, et plein d'une pitié profonde, il se penche vers la fosse :
de ses mains il pousse en tremblant la terre humide, et cette
terre dont il couvre sa fille, il
la trempe de ses larmes. Plus
d'une fois il s'arrête; plus d'une
fois, en poursuivant cet affreux
ministère, la force l'abandonne
et son cœur se soulève malgré
lui. Il voit s'effacer insensible-
ment, sous le niveau de la terre,

les formes de ce corps où brillent la jeunesse et la beauté au milieu même des traces du tourment; pour la dernière fois il contemple son visage; il voit ce front pâle, ces yeux entr'ouverts, cette tête demi-voilée par des cheveux souillés de fange.... mais enfin, tout a disparu. Il se lève alors, il va choisir sur le rocher deux pierres blanches, et il en couvre le tertre qu'il vient d'élever. « En vain, dit-il, l'hyène féroce » viendra errer près de ce tom- » beau, désormais il est protégé » contre ses atteintes. O vents ora- » geux ! respectez-le, célébrez » l'hymne de mort dans vos siffle-

» mens lugubres; et vous, feuilles
» tristes du platane que l'automne
» détache et abat , venez aussi,
» en tribut funèbre, vous placer
» sur ce sol.

« Adieu , lieu fatal et sacré ,
» asile de Noëma , vallée soli-
» taire, adieu; je dois remplir la
» volonté du ciel , je dois assurer
» les jours d'un fils dont le châ-
» timent cruel est de vivre ; mais
» bientôt je viendrai mourir près
» de vous ».

En disant ces paroles , il prend
l'enfant dans ses bras et il s'é-
loigne. L'Éternel, qui veillait sur
lui, dirige ses pas à travers les
plaines et les montagnes, et le

conduit vers la demeure des hommes. Il arrive, vers le soir, sur le sommet d'une colline, d'où il découvre à ses pieds des toits abrités par le chaume, et il voit au-dessus s'élever la fumée hospitalière des foyers. Toutefois, craignant les regards, il attendit jusqu'à la nuit ; la nuit étant venue, il pénètre au pied d'une habitation et y dépose son fardeau. « Demain, dit-il, demain, » l'homme laborieux, en allant » à sa vigne, le trouvera sur son » passage et il l'élèvera dans sa » maison. » Il dit, et prêt à fuir pour jamais il le regarde, attendri ; il s'éloigne, le regarde encore ; mais enfin il reprend ses traces, et il se traîne en mourant jusqu'au tombeau de Noëma.

www.ingramcontent.com/pod-product-compliance
Ingram Content Group UK Ltd.
Pitfield, Milton Keynes, MK11 3LW, UK
UKHW022038170726
13837UKWH00002B/662